KB170714

부제: 제주 신화 전설

작가소개

이천도 / 자유지성

약력
- 시인, 소설가, 문학평론가
- 한국소설가협회 회원
- 한국아동문학인협회 회원
- 한국문인협회 평론분과 회원
- 한국문학비평가협회 이사 역임
- 한국국보문학협회 이사 역임
- 한국지필문인협회 부회장 역임
- 한국한비문학회 평론분과 회장

저서
- 장편 서사시집 〈구도자〉 출간
- 장편 극시집 〈동방의 연가〉 출간
- 통합 사상문학집 〈패배자들의 비망록〉 출간
- 장편 서사시 〈구도자〉 영역본 출간 예정

작품
- 〈시, 소설, 수필, 동화, 평론〉 다수

수상
- 한국문학비평가협회상
- 대한민국 문학예술상
- 미당문학상 외 다수

Mail : duutaa@naver.com
http ://blog.daum.net/az7512

우주나무와 자손들

이천도 장편 서정시

시집의 주제

우리는 어디로 가고 있는가.
우리는 무엇을 찾고 있는가.
우리가 닿아야 할 미래.
우리가 찾아야 할 고향.
그 꿈과 이상의 세계는 어디인가?

Contents

달

인간은

달을 품고 태어났고

달을 보며 꿈을 꾸었고

달을 보며 그리워했고

달을 보며 외로워했고

달을 보며 눈물지었고

달을 보며 시를 지었고

달과 더불어 사라져갔다.

소녀

사람은 누구나 소녀.
사람은 누구나 소년.

사람의 꿈은 소녀였을 때
사람의 꿈은 소년이었을 때
가장 순수하고 신비롭다.

사람의 마음은 소녀였을 때
사람의 마음은 소년이었을 때
가장 투명하고 어여쁘다.

섬 집 아기

한인현

엄마가 섬 그늘에 굴 따러 가면

아기가 혼자 남아 집을 보다가

바다가 불러주는 자장노래에

팔 베고 스르르르 잠이 듭니다

......

반달

윤극영

푸른 하늘 은하수 하얀 쪽배엔

계수나무 한 나무 토끼 한 마리

돛대도 아니 달고 삿대도 없이

가기도 잘도 간다 서쪽나라로

......

엄마야 누나야

김소월

엄마야 누나야 강변 살자

뜰에는 반짝이는 금모래 빛

뒷문 밖에는 갈잎의 노래

엄마야 누나야 강변 살자

......

클레멘타인

박태원

넓고 넓은 바닷가에
오막살이 집 한 채
고기 잡는 아버지와
철모르는 딸 있네
내 사랑아 내 사랑아
나의 사랑 클레멘타인
늙은 아비 혼자 두고
영영 어디 갔느냐......

시놉시스

오랜 옛날.

어느 외딴섬에 소녀 하나 살았다.

소녀의 아비는 어부였다.

소녀는 아비가 고기잡이 나가면

혼자 집에 남아 아비를 기다렸다.

소녀는 노래를 부르며 외로움을 달랬다.

어느 날. 아비는 고기잡이 나갔다가

돌아오지 않았다.

소녀는 밤 새워 아비를 기다렸다.

다음날도 소녀는 아비를 기다렸다.

소녀는 물가 모래밭에 서서

아비의 고깃배를 기다리며

멀리멀리 수평선을 바라보았다.

얼마 후. 느닷없이 먹구름 몰려오더니

주위는 온통 어둠에 잠기고

이내 무섭게 폭우가 쏟아지기 시작했다.

성난 빗줄기 소리가 세상을 채찍질했다.

땅과 바다가 요동을 쳤다.

폭우는 폭풍우로 변했다.

바다에 거센 풍랑이 일었다.

그 거대한 파고 속에서 (암흑 속에서)

비는 세상을 삼킬 듯……

끝도 없이 퍼붓고……

바다

마침내 안개가 사라지면

우리 앞에 나타날 거야.

그 푸른 눈동자가

그 푸른 숨소리가

그 푸른 목소리가

그 푸른 꿈나라가……

안개

바다는 안개에 갇혔네.

겹겹이 부푼, 켜켜이 쌓인 바다 안개

모두를 가두었네. 하늘도 땅도 섬도 모래도

마을도 사람도 소녀도 갈매기도

아가도 바다제비도 안개 뒤 숨었네. (오!)

형체 있는 모든 것. 안개에 가리어졌네.

그렇게 억만 년 흐르고 (마침내)

안개 물러갔네. 안개 사라지자 다시금

바다와 소녀 나타났네.

1

바다는 노래하리라.

섬과 전설을

어미와 소년을

아비와 소녀를

어부와 쪽배를

아가와 애기구덕

해녀와 망사리를.

어느 먼 옛날

외딴 바닷가

작은 섬마을

옹기옹기 오막살이

하얀 갈매기들

조그만 바다제비

이랑이랑 일렁이는 파도의 이야기를

살랑살랑 간질이는 바람의 속삭임을

소곤소곤 속삭이는 소라의 귀엣말을.

2

바다는 알리라.

사람도 짐승도 어른도 아이도

산도 나무도 강도 바람도

외로운 구름도 고요한 안개도

꿈꾸는 빗방울도 홀로 선 소나무도

언제나 기도하듯 그리워한다는 걸.

오, 바다!

그 푸른 가슴을

그 넓은 사랑을

그 오랜 침묵을

그 깊은 숨결을.

오, 바다!

가없는 그 불변함을

한없는 그 평등함을

끝없는 그 비옥함을

더없는 그 넉넉함을.

3

(밤이 되자)

소금기 먹은 갯바람 불어왔어요.

하늘엔 쪽배 같은 조각달 떠 있었지요.

고요한 시간 흘러갔지요.

얼마쯤 지났을 때 노래 들려왔어요.

푸른 하늘 은하수 하얀 쪽배엔

계수나무 한 나무 토끼 한 마리

돛대도 아니 달고 삿대도 없이

가기도 잘도 간다 서쪽나라로……

4

은색 달빛 아래
소녀 또 노래했어요.

넓고 넓은 바닷가에
오막살이 집 한 채
고기 잡는 아버지와
철모르는 딸 있네.
내 사랑아 내 사랑아
나의 사랑 클레멘타인......

노래 잦아들자
다시 고요 내려앉았어요.

5

소녀 오두막 문 앞 앉아

밤바다 바라보았어요. 저만치 보이는

바다는 먹물 풀어놓은 듯

온통 검고 푸르고 신비로웠지요.

하늘은 흑진주처럼 짙고

누가 몰래 새겨놓은 듯

멀리 하늘가 눈썹달 하나 박혀 있었어요.

철썩철썩! (희푸른 달빛 아래) 바다 꿈꾸듯

몸 뒤척이자 문득 노래 그치고

소녀 몸 일으켰어요. 먼발치 바다 위

(까물까물) 남포등 불빛 너울거렸어요.

소녀 얼른 물가로 달려갔지요.

6

소녀 모래밭 지나

물기에 닿았어요. 이윽고

고깃배(거룻배) 하나 다가왔어요.

마을 아저씨(어부) 하나

손에 남포등 들고 배에서 내렸지요.

아저씨 남포등 내려놓고

모래밭 저만큼 고깃배 끌고 갔어요.

곧 돌아와 남포등 집어 들고

아저씨 말했지요.

"아빠를 기다리는구나?"

소녀 고개 끄덕였어요.

아저씨 어두운 표정 지었어요.

그러다 곧 미소 짓고는

"곧 오실 거다. 무사하실 거야......"

하고 말했지요.

"오늘 통 고기가 잡히질 않는구나."

"이게 다 용왕님 뜻 아니겠니?"

"요 며칠 풍족하게 주었으니......"

"또 며칠 욕심을 덜라고 말이다."

아저씨 푸념하듯 말하고는 뭔가 고민하듯

풍성한 턱수염 어루만졌어요.

아저씨 소녀 내려다보며 애써 또

미소 지었어요.

"욕심은 마음의 짐이란다."

"내 그걸 알면서도……"

"덜어내기 쉽지 않구나."

아저씨 말하고는 곧 소녀 남겨둔 채

마을로 털털 걸어갔지요.

7

한참이 지났어요.

소녀 되돌이와 오두막집 문 앞

앉아 있었지요. 문득 발소리 들려왔어요.

남포등 든 이웃집 아주머니 다가왔어요.

아주머니 소녀 곁에 앉아

근심 가득한 눈으로 말했어요.

"별일이구나. 여태 안 돌아오시니……"

소녀 문득 아저씨 말 떠올렸어요.

(곧 오실 거다. 무사하실 거야……)

소녀 고개 떨구고 바닥 응시했지요.

곧 손가락으로 모래에 새겼어요.

"곧 오실 거야!"

"무사하실 거야!"

8

(자꾸만 시간이 지나갔어요.)

둘은 나란히 앉아 밤바다 바라보았지요.

둘 사이 놓인 남포등

꺼질 듯 꺼질 듯 가늘게 타고 있었지요.

둘은 그렇게 (고기잡이 나간)

다른 두 사람 기다렸지요.

소녀는 아빠를.

아주머닌 아들을.

소녀는 소년을.

아주머닌 아빠를.

9

이윽고 남포등 불빛 던지며

고깃배 하나 물기에 닿았어요.

마을 청년(아들) 하나 배에서 내렸어요.

배에서 노인이 고기 상자 건네자

청년 상자 받아 어깨에 메었지요.

노인(아버지) 남포등 들고 배에서 내렸어요.

둘은 고무 옷에 고무장화 신었지요.

노인 남포등 내려놓고 모래밭 저만큼

고깃배 끌고 갔어요. 곧 되돌아와

노인 남포등 들고 청년 고기 상자 멘 채

둘은 저벅저벅 마을로 스며들었지요.

10

어느덧 아침 밝아왔어요.
말똥말똥 밤 지새우고 소녀
물가 서 있었어요.
모래밭 군데군데 고깃배 곤히
잠들어 있었지요. 멀리 바다 위
갈매기 떼 한가히 날고 있었지요.
하늘은 바다처럼 푸르고
바다는 하늘처럼 파란 쪽빛으로
물들어 있었지요. 마치 거울인 양
하늘과 바다 서로서로 비추었지요.

11

(활짝 핀 아침처럼)

소녀 마음 문득 환해졌어요.

밤과 함께 어둠 물러갔어요.

곧 저만치서 고깃배 나타날 거예요.

만선의 기쁨으로 고된 줄 모른 채

얼굴 가득 웃음꽃 피운

둘의 모습 떠오를 거예요.

소녀 싱긋 웃음을 지었어요.

반짝이는 눈망울

어여쁜 두 볼

수줍은 보조개 하나

살며시 피어났지요.

12

소녀 팔을 펼치고
춤추듯
빙그르르 몸 돌려
남은 불안 털어냈어요.
간밤의 근심을.
마음의 그늘을.
어두운 그 그림자를.
곧 물가 걸으며 (잔모래 밟으며)
노래 불렀어요.

엄마가 섬 그늘에 굴 따러 가면
아기가 혼자 남아 집을 보다가
바다가 불러주는 자장노래에
팔 베고 스르르르 잠이 듭니다……

13

하얀 저고리!

검정 무명 치마!

나풀나풀 단발머리!

나붓나붓 치맛자락!

한 발로 콩! 한 발로 콩!

두 발로 콩콩!

소녀 발놀이 하듯

모래밭 구르며 노래를 불렀지요.

엄마야 누나야 강변 살자

뜰에는 반짝이는 금모래 빛

뒷문 밖에는 갈잎의 노래

엄마야 누나야 강변 살자……

14

소녀 쿵 뭔가 부딪혔어요.

눈앞 이웃집 아주머니 서 있었지요.

물질하러 가는 차림새였어요.

(도구: 테왁. 망사리. 족쉐눈. 빗창......)

(물옷: 물적삼. 물소중이. 물수건)

"아무래도 만선인가보다...

밤을 새운 걸 보니...

이제 곧 오시겠지...

난 굴 따러 다녀올 테니

넌 고깃배를 기다리려무나......"

아주머니 미소 지으며 말했어요.

소녀 대답 대신 고개 끄덕였지요.

아주머니 고개 주억이곤 바닷가 저쪽,

깎아지른 벼랑 밑 갯바위 향해 걸어갔어요.

15

무심코 몇 발짝 뒤따르다
'고깃배 기다리란' 말 떠올라
소녀 발 멈췄어요. 곧 몸 돌려
바다 바라보았어요.
멀리서 아침 해 기지개 켜며
환하게 눈웃음 머금었지요.
소녀 수평선 바라다보며 그 너머
어딘가 있을 아빠와 소년 떠올렸지요.
소녀 뒤 저만치 섬마을 드러났어요.
낡은 오막살이 스무남은 채
군데군데 흩어져 있었지요. 가난한 굴뚝 위
몽개몽개 아침 연기 피어올랐어요.

16

(외딴 섬마을)

(초라한 오막살이)

(초라한 옷......)

(초라한 음식......)

(초라한 아침......)

그래도 풍요로운 또 한 번의 하루.

그래도 싱그러운 또 한 번의 시작.

그래도 밝아오는 또 한 번의 희망.

그래도 노래하는 또 한 번의 찬가.

17

(끼룩끼룩 끼룩끼루룩!)

바다 저만치 갈매기 소리 들려왔어요.

소녀 문득 돌아서서 마을 바라보았지요.

마을 너머 우뚝 산등성이 보이고

한 뭉치, 두 뭉치. 하늘엔 동동 흰 구름

떠 있었지요. 왜일까요.

매일 보는 풍경인데도

오늘 유독 새롭게 다가왔어요.

소녀 활짝 두 팔 뻗고 심호흡했어요.

18

소녀 꼬르륵 시장기 느꼈어요.

집에 가 아침 먹으려 생각하다

'아빠 돌아오면 같이 먹어야지' 하고

생각 돌이켰어요. 모래밭 군데군데

조가비 박혀 있었어요. 몇 걸음 걷다

소녀 모래밭 쪼그려 앉았어요.

곧 소라 껍데기 집어 한쪽 귀 대었어요.

소녀 귀엣말 듣듯 고개 끄덕였지요.

소녀 소라에게 무슨 말 들었을까요.

소라 소녀에게 무슨 말 전했을까요.

조금 뒤 소라 껍데기 내려놓고

소녀 모래 위 글귀를 새겼지요.

한 자 한 자 손끝으로 정성 들여 썼지요.

(달나라엔 토끼가 살아)

(토끼는 하얀 옥토끼야)

소녀 또 손가락 움직였어요.

(난 알지만 사람들은 모르지)

(달이 뜨면 우린 서로 바라다보지)

(난 옥토끼를, 옥토끼는 나를)

소녀 잠시 멈췄다 다시 천천히

손가락 움직였어요.

(사람들은 왜 모를까)

(어쩜 옥토끼를 잊은 거야)

(이제 사람들은......)

(달을 보지 않으니까......)

19

소녀 문득 바다를 보았어요.

곧 깜짝 놀라 뒷걸음쳤지요.

너울너울 물거품 일구며

하얀 파도 밀려왔어요. 이내 파도

모래 위 새긴 글자 뒤덮었지요.

(스르륵스르륵) 파도 금세 물러갔어요.

20

(파도 물러가자)

소녀 곧 자리로 돌아왔어요.

글자들 모두 물기 젖었어요.

소녀 눈망울도 따라

이슬 젖었지요. 소녀 슬펐어요.

왠지 자꾸 눈물 차올랐지요.

그때 다시금 파도 밀려왔어요.

소녀 또 뒷걸음쳤지요.

파도 물러가자 소녀 또 자리로

돌아왔어요. 글자들 제자리 있었지만

이젠 무슨 글자인지 모를 만큼

이지러져 있었지요. 잠시 후

또 한 번 파도 밀려왔고 그 파도 밀려가자

글자들 완전히 제 모습 잃었지요.

소녀 끝내 펑펑 울고 말았어요.

울면서 힘없이 집으로 돌아갔지요.

오막살이 문 앞 앉아

두 팔로 무릎 감싸고서 소녀 또

훌쩍훌쩍 울었어요.

길 잃은 바닷게 한 마리

엉금엉금 다가와 소녀 발밑에서

움직임 멈췄어요.

21

고깃배 아직 돌아오지 않았어요.

아빠와 이웃집 소년

어디쯤 있을까요. 아빠 늘 소년 데리고

고기잡이 나갔어요. 딸애인 나 대신

이웃집 소년 아들 삼아 먼 바다로

배 저었지요. 소년 또 신나게

아빠 따라나섰어요. 아마도 나 모르는

그 어떤 설렘이, 그 무슨 모험이

바로 그 가슴 뛰는 기쁨이

또다시 소년 사로잡은 거지요.

22

(제일 큰 물고기를 잡아다줄게)

아빠 따라나서며 소년 말했어요.

난 부루퉁한 얼굴로 입술 깨물었지요.

미웠어요. 이젠 나보다

고기잡일 더 좋아하는 것 같아서요.

이젠 나랑 함께하는 것보다

아빠 따라나서는 걸 더 기뻐하는 것

같아서요. 나 토라진 듯하자 소년 또

알쏭달쏭한 말로 나 달랬어요.

갑자기 어른 된 듯한 말투였지요.

(널 위해서야. 아저씰 따라나서는 건)

(이담에 크면 알게 될 거야)

(좀 더 어른이 되면)

(남잔 고깃배를 다뤄야 해)

(날마다 고기잡일 해야 하니까)

(제일 큰 물고기를 잡아다줄게)

23

두 사람 먼 바다로 배 저으면, 소녀
이웃집 아주머니랑 하루를 보냈어요.
물질하러 가는 아주머니 뒤따르거나
아주머니 따 온 굴이나 미역 따위
손질하며 촉새같이 재잘거렸지요.
아주머닌 흐뭇이 바라보며 속삭였어요.
(우리 며늘아기 귀엽기도 하지)
(어쩜 그리 손끝도 야무질까)
그러곤 사르르 미소 지었지요.

24

어느 날. 소녀 말했어요.

(저도 물질하는 거 배울래요)

아주머니 고개 저었어요.

한동안 물끄러미 소녀 얼굴

응시했지요. 그러다 나직이 말했어요.

(나도 너만 할 때 물질을 배웠단다)

(태어날 때 우린 비바리가 되고)

(잠녀가 될 운명을 타고난단다)

(이 또한 신이 주신 행복한 소명이란다)

(우린 또 기꺼이 그 운명에 순응한단다)

(하지만 넌 안 되겠구나)

(물질은 몹시 고된 일이란다)

(바당은 그리 호락호락하지 않는단다)

(넌 물질을 배우기엔 너무 곱구나)

(애야, 어쩌자고 그리도 곱니)

(한갓 섬 소녀가......)

(가난한 어부의 딸이......)

(넌 꼭 선녀 같구나)

(넌 한 마리 학과 같구나)

(넌 한 송이 백합 같구나)

어느 아침. 소녀 또 따라나서자

(이젠 따라오지 말 거라) 하고

아주머니 말했어요. 그 뒤 소녀

늘 혼자 남았지요.

25

마을 아저씨(어부)들 고기잡이 나서려고
물가 모여들었어요. 조금 지나자
고깃배 하나 둘 바다 향해 배 저었지요.
바다 멀리 고깃배 스러지자 이번엔
물질하러 나온 아낙(해녀)들 줄지어 저쪽
벼랑 밑으로 몰려갔어요. 아까 일찍
이웃집 아주머니 향해 갔던 바로 그
바위 벼랑이었지요.
전통 물옷(위아래 흰빛. 위는 흰빛, 아래 검은빛)
입은 아낙들 사이 검정 고무 옷(잠수복) 입은
젊은 아낙 두엇 보였지요.

26

이제 마을은 텅 비었어요.
다만 마을에는 몸져누운
몇 사람만 남았지요.
마을 사람들 누구라도
몹시 앓아누운 날 아니라면
머리 하얀 할아버지 할머니도
으레 바당일 나서니까요.
응당 그것이 섬사람의 삶이니까요.

27

손끝으로 꾹꾹 눈물 찍어내고

소녀 자리에서 일어났어요.

바닷게 깜짝 놀라 달아나더니

금세 쏙 모래 구멍 숨었지요.

소녀 살짝 입꼬리 씰룩이더니

손등으로 쓱쓱 눈가 훔치고

혼자 터덕터덕 마을 거닐었지요.

(콜록콜록!) 어느 집 방에선가 밭은기침

소리 들려왔지요. 조금 지나자

(징얼징얼) 아기 울음 들려왔어요.

소녀 곧 집으로 들어갔지요. 한쪽 침대 위

대로 짠 애기구덕(아기바구니) 놓여 있었지요.

소녀 조용히 아기바구니로 다가갔어요.

아기 자꾸만 징얼거렸어요.

소녀 아기바구니 들여다보며 말했어요.

(아가야, 꿈꾸었니?)

(무서운 꿈꾸었니?)

(이제 안심하렴......)

(언니 노래 불러 줄게......)

(언니 업저지 되어 줄게……)

28

살랑살랑 아기바구니 흔들며
소녀 나직이 노래 불렀어요.

엄마가 섬 그늘에 굴 따러 가면
아기가 혼자 남아 집을 보다가
바다가 불러주는 자장노래에
팔 베고 스르르르……

아기 조금 보채더니
이윽고 새근새근 잠들었지요.
소녀 빙긋 미소 띠고
(잘 자렴. 아가야) 하고 속삭였어요.
언니 말 알아들은 걸까요.
아가 배냇짓하며 포근포근
단잠이 들었지요.

29

어느덧 한낮이 되었어요.
소녀 집으로 돌아와
아까처럼 주저앉아 있었지요.
아직 어부들도 해녀들도
아무도 되돌아오지 않았지요.
소녀 또 노래를 불렀어요.

엄마야 누나야 강변 살자
뜰에는 반짝이는 금모래 빛
뒷문 밖에는......

소녀 무릎 감싸 안은 채
(자꾸만, 자꾸만) 노래했지요.

30

갈매기 서너 마리

바다 위 맴돌았어요.

바다는 평화롭고

하늘 저 멀리 뭉게구름 노닐었지요.

그때였지요. 무슨 일인지 갈매기 한 마리

모래밭 지나 마을로 날아왔어요.

빙글빙글 바다 위 맴돌다

홀연 어지럼이 일었던 걸까요.

갑자기 눈앞이 흐려진 걸까요.

(바다인지 마을인지 모래밭인지)

순간 구분을 못하는 걸까요.

갈매기 빙빙 마을 위 맴돌더니

이윽고 소녀 집으로 날아와

살며시 지붕에 앉았어요.

마치 노래 듣는 듯

갈매기 날개 접고 한참 머물렀어요.

그러다 노래 그쳤어요.

(그제야 날개 펴고) 푸드덕 날아올라

갈매기 멀리멀리 바다로 되돌아갔지요.

31

(끼룩끼룩) 갈매기 울음소리

섬마을 간질였어요. 갈매기 한 마리

느닷없이 물속으로 내리꽂더니

금세 물고기 낚아채

수면 위 불쑥 솟구쳤지요.

갈매기 꿀꺽 먹이 삼켰어요.

바다는 평온했어요.

하늘도 바다도 푸른 꿈에 젖었지요.

갈매기들 유유히 창공 맴돌았어요.

이윽고 일제히 날갯짓하며 먼 바다로

모습 감추었지요.

32

한낮 햇살에 모래알 빛나고

군데군데 조가비 반짝였어요.

소녀 벌떡 일어나 물가로 달려갔어요.

마침내 보았어요. 멀리 시야의 끝

(수평선 언저리) 고깃배 하나 아른거렸지요.

이윽고 물가 이른 소녀

먼빛으로 뵈는 고깃배 향해 손 흔들었지요.

아빠의 고깃배였어요.

아빠의 고깃배일 거예요.

소녀 의심하지 않았지요.

너무도 분명했지요.

그쪽에서 누군가 소녀 향해

손 흔들고 있었으니까요.

33

배 느릿느릿 이쪽으로 밀려왔어요.

소녀 당장 물 위 밟고

그쪽으로 달려가고 싶었지요.

소녀 훨훨 날아오르고 싶었지요.

소녀 안타까운 마음

마치 날개라도 되는 양

나울나울 두 팔 저었지요.

소녀 애써 발돋움질하며

날아오르려 안간힘 썼어요.

아직 배의 모습 흐릿했어요.

배는 제자리걸음하듯

더디더디 나아오고 있었지요.

34

그때 별안간 먹구름 몰려왔어요.

이내 사방에 빛 가림막 드리우고

검은 구름 층층이 하늘 뒤덮었지요.

해는 구름 가려 세력을 잃고

주위 온통 어둠살 내려앉았지요.

낮은 그렇게 밤빛으로 물들었지요.

배는 보일 듯 말 듯 어스름 잠겼다

끝내 까맣게 사그라지고 말았지요.

35

이윽고 (우르릉우르릉!)

천둥 치고

(번쩍번쩍!) 대기 가르며

번갯불 내리꽂혔지요.

이내 사나운 비바람 몰아쳤지요.

바다는 무섭게 일렁이고 성난 파도

모래밭으로 밀려들었지요.

36

무엇이 하늘 노하게 했을까요.

누가 한울님 역정을 샀을까요.

바람 더 사나워지고 금세

폭우 쏟아지기 시작했어요.

이제 한 치 앞도 보이지 않았어요.

온 세상 어두워졌어요.

소녀 자꾸자꾸 뒷걸음질했지요.

안타까이, 안타까이 발만 동동 굴렀지요.

환청이었을까. 불현듯! 애타게 부르짖는

아빠 목소리 들려왔어요.

(아가! 아가! 아가야! 아가야!)

소녀 울면서 큰 소리로 외쳤어요.

(아빠! 아빠! 아빠야! 아빠야……)

또다시 아빠 목소리 울려왔어요.

(아가! 아가! 아가야! 아가야!)

37

(어머니! 어머니! 어머니!)
별안간 소년 목소리 울려왔어요.
곧 메아리처럼 아주머니 목소리
울려왔지요. (아들아! 아들아! 내 아들아!)
벼랑 쪽에서 들리는 목 메인 외침이었지요.
그 외침 곧 울부짖음으로 바뀌었지요.
순간! 거대한 파도 밀려와
섬마을 휩쓸었어요. 마을도 모래밭도
모든 것 물속에 잠겼지요.
이제 아무 소리 들리지 않았어요.
아빠 목소리도 소년 목소리도
아주머니 목소리도 들려오지 않았지요.
오직 줄기차게 퍼붓는 폭우 소리만이
온 세상 휘덮었지요.

38

비는 멈추지 않았어요.

몇 날 며칠, 몇 달이 지나도록

비는 처절히(억세게) 퍼부었지요.

그렇게 태고의 어둠 속

참혹히 대지를 짓밟았어요.

얼마가 흘렀는지 아무도 알지 못했어요.

이미 어디에도 생명의 기운 남아 있지

않았지요. 마을은 바다 밑 잠기고

아예 섬을 통째로 삼키려는 듯

바다 빠르게 산등성 향해 차올랐지요.

39

산등성마루에는

홀로 우뚝 커다란 소나무 서 있었어요.

소나무 높이높이 뻗어

하늘에 닿았지요. 이따금 나무우듬지

흰 구름 내려앉았지요.

나무는 신령스러운 존재였지요.

아주 먼 예부터 (마을 수호신)

당산나무였지요. (신수였지요.)

이곳, 신목과 제단 있는,

마을 신당이었지요.

나무(신목) 앞에 돌 쌓아 제단 짓고

그 둘레 울타리처럼 돌담 둘렀지요.

신목 가지마다 물색(오방색 천 조각),

흰색 종잇조각, 종이돈, 색실 걸려 있었지요.

신당 예부터 '본향당'이라 불렀지요.

매년 절기마다 마을 사람

나무 앞 제단 모여 제를 지냈어요.

어른 아이 할 것 없이 모두 나와

돌단에 제사 음식 올리고

마을 원로 이령수하며(말로 고하며)

섬의 안녕과 풍어 비손했지요(빌었지요).

40

나무 나이 아무도 몰랐어요.

누구는 천 살이라 했고

누구는 오천 살이라 했고

누구는 만 살이라 했지요.

어느 해. (아흔아홉 살 먹은)

마을 원로 임종 전 말했어요.

(나는 '이어도'로 떠난다)

(조상 곁으로 돌아간다)

(고을나. 부을나. 양을나. 삼신인, 세 아버지)

(벽랑국 삼공주. 삼신녀, 세 어머니)

(가파도 지나 마라도 넘어......)

(머나먼 안식의 땅으로......)

(영원한 혼들의 세계로......)

(훗날 다시 그곳에서 만나자)

마을 원로 겨운 숨 내쉬었어요.

노인 잠시 회상 잠기더니

마치 귀엣말하듯 속삭였지요.

(소나무를 사랑하라)

(소나무를 경배하라)

(소나무는 억만 살이다)

(홀로 억만 년을 살아남았다)

(이 나무의 하루는 얼마인가)

(이 나무의 하루는 우리의 백 년)

(아! 인간은 얼마나 초라한가)

(겨우 백 년 사는 우리는......)

(고작 하루 사는 우리는......)

노인 몇 초간 밭은 숨 내쉬더니

우물우물 혼잣소리 되뇌었어요.

곧 (마른 입술 사이)

고별 노래 잔잔히 새 나왔지요.

"아리랑, 아리랑, 아라리요......"

"아리랑 고개로 넘어간다......"

마을 원로 포근히 눈감았지요.

'학'처럼 고이고이 잠들었지요.

'꽃'처럼 하얗게 떠나갔지요.

41

나무 울면 재앙이 왔어요.

소녀 아빠 고기잡이 나서기 전날 밤.

나무 울었어요. 하지만 사람들

아무 소리 듣지 못했지요. 소녀 아빠에게

'나무 울었다'고 말했지요.

아빠 '그럴 리 없다'며 (미소 띤 얼굴)

소녀 머리 어루만졌지요. 아빠 믿지 않자

소녀 이웃집 아주머니에게

같은 말 해주었어요. 아주머니 생긋 웃으시며

(꿈을 꾸었구나, 애야) 하고 말했어요.

순간 아주머니 곁에서 소년 덩달아

코웃음 쳤지요. 소녀 눈살 찌푸렸어요.

짐짓 골난 듯 소년 흘겨보았어요.

소녀 미안한 맘 들었는지

머리 북북 긁적이며 숫된 웃음 지었지요.

42

아빠 끝내 고기잡이 나섰어요.

아주머니랑 소녀 물가 서서

고깃배 배웅했지요. 그때 또다시

나무 울었어요. 소녀 몸 돌려

멀리 산등성 바라보았어요.

흰 구름 사르르 소나무 휘감았지요.

곧 우듬지에서 학 한 마리 날아올랐어요.

하늘과 구름 사이 학 한 마리 노닐었어요.

소녀 다시 바다 보았을 때, 배 저만큼

멀어지고 있었지요.

43

이웃집 아주머니 물질하러 가자

소녀 홀로 바닷가 서성였어요.

그러다 발 멈추고 소라 껍데기 주워

한쪽 귀 대었지요. 무에 그리 재미날까.

소녀 *끄덕끄덕*하며 빙긋이 웃었지요.

소녀 한 마리 아기 새 다루듯

조심조심 소라 껍데기 내려놓고

곧장 그길로 산등성 올랐어요.

이윽고 소나무 아래 이르렀지요.

살금살금 층계 밟고 소녀 돌단 올랐지요.

소녀 고개 들어 높이높이 솟은

소나무 우듬지 올려다보았어요.

우듬지 눈 덮인 듯 흰 구름 앉아 있고

길게 **뻗은** 줄기 끝 하늘에 닿았지요.

44

한껏 발돋움질하며

소녀 훨훨 두 팔 저었어요.

소녀 높이높이 날아오르고 싶었지요.

멀리멀리 솟아오르고 싶었지요.

조금 지나자 우듬지 흰 구름

나무 아래 내려앉았어요.

소녀 사푼 구름에 올랐어요.

이내 사르르 구름 떠올랐지요.

구름 우듬지로 날아올라 주위 맴돌았어요.

곧 우듬지 떠나 마을 쪽으로 날아갔지요.

45

구름 잠시 마을 하늘 맴돌다

바위 벼랑으로 날아갔어요.

구름 다가오자 벼랑 끝 앉았던

물총새 한 마리 벼랑 틈새 꼭 숨었지요.

구름 가만가만 벼랑 위 선회했어요.

벼랑 아래 조약돌 깔린 자갈밭 자리하고

물가 군데군데 갯바위 솟아 있었어요.

잇달아 잔파도 부딪쳐 물보라 일었지요.

자갈밭 한쪽 둥그렇게 돌담 두른

불턱(불 피워 몸 말리는 곳) 보였지요.

도요새 두어 마리 물가 날고 있었어요.

바위 주변 들락날락 물질하는

해녀들 보였지요. 이따금 해녀들

물 위 솟아올라 숨비소리(가쁜 숨소리)

토해냈어요. 삶과 죽음 경계에서 뱉어내는

운명의 휘파람, 그 질긴 (그 벅찬) 생존의 몸짓

그 시린 애환의 몸부림

그 아린 애증의 숨소리였지요.

이윽고 해녀들 뒤로한 채 구름 아스라이

바다 끝으로 멀어졌어요.

(삽상한 바닷바람 맞으며)

구름 더 멀리멀리 난바다로 나아갔지요.

얼마 지났어요. 마침내 저만치 아래

고깃배 나타났어요.

46

배들 바다 위
듬성듬성 흩어져 있었어요.
바다 저만치 이름 모를 물새들
날고 있었지요.
햇살 비낀 해면 잔물결 일며
물비늘 반짝였지요. 배에서 어부들,
(고무장화, 고무 옷) 눈에 익은 얼굴들
구름 올려다보았어요. 어부들
소녀 보이지 않았지요. 소녀 모습
구름 잠겨 보이지 않았지요.
소녀 어부들과 달리 구름 사이 환히
배들 내려다보였어요.

47

소녀 아까부터

아빠의 고깃배 찾고 있었어요.

한참 찾았으나 아빠도 고깃배도

보이지 않았어요. 구름 더 먼 바다로

소녀 데려갔어요. 구름과 소녀

한없이 너른 바다 떠돌았지요.

별안간 혹등고래 나타나 (숨구멍 열고)

한차례 힘차게 물기둥 내뿜었지요.

혹등고래 사라지자 가오리 떼 나타났어요.

물 찬 제비처럼 (날개 펼친 박쥐처럼)

물 위 퍼들껑 가오리 떼 솟구쳤지요.

가오리 떼 사라지자 돌고래 떼 나타났어요.

(희번덕희번덕) 돌고래 떼 신나게 물장구질하며

물장난 쳤지요. 얼마 후 새까만 물고기 떼

몰려가더니 이내 상어 떼 몰려와 먹잇감 뒤쫓았지요.

(시간 흐르고) 떠돌다, 떠돌다 어느 순간 구름

움직임 멈추었어요. 순간 저만치

고깃배 하나 보였지요. 와! 아빠와 소년!

마침내 찾았어요. 소녀 기쁨 겨워 소리쳤지요.

(아빠! 아빠! 아빠야!)

48

어찌된 걸까요.

아무 소리 못 들었는지

아빠 그물질 몰두하고 있었고

소년 호기심 가득 그 작업 지켜보았지요.

그렇게 한마음으로 늙은 어부 어린 어부

어로 작업 열중했지요. 그 광경 보자

소녀 마음 이상했어요. (혼란스러웠어요.)

이랬다저랬다 변덕스러웠지요.

소녀 샘도 나고 골도 나고 언짢기도 하고

그러면서 또 소년 대견스럽고

(어른스럽고) 기특하기도 했지요.

49

소녀 여러 번 아빠 불렀어요.

두 어부 여전히 그물질 몰입했어요.

다른 어부들과 달리

아빠 (고무 옷, 고무장화 아닌)

하얀 베적삼, 베잠방이 입었지요.

한참 지났어요. 잠시 일손 놓고

두 어부 자리에 앉았어요.

늙은 어부 뱃머리

어린 어부 배꼬리 앉았지요.

둘은 다정히 이야기 주고받았지요.

마치 부자간인 듯

도란도란 정담 나누었지요.

노인 뻑뻑 파이프 담배 태웠고

엄마 싸준 어포 조각 입에 넣고

소년 잘근잘근 씹고 있었어요.

소금 치지 않은 싱거운 어포였지요.

소년 목마른지 가죽 물통 주둥이

입에 대고 꿀떡꿀떡 물 들이켰지요.

50

잠든 몸 뒤척이듯 파도 게으르게 뱃전

부딪쳤어요. 한낮 햇살 수면 꿰뚫고

바다는 비단 이불처럼 빛살 내쏘았지요.

소년 가죽 물통 건네자

노인 조용히 고개 저었어요.

그러곤 파이프 빨며 생각에 잠겼지요.

소년 다시 물 한 모금 홀짝인 뒤

물통 주둥이 코르크 마개 끼웠지요.

51

(노래 좀 불러보거라……)
노인 불쑥 말했어요.
소년 익숙히 노래했지요.

넓고 넓은 바닷가에
오막살이 집 한 채……

(시린 곡조. 새파란 목청. 낭랑한 울림)
옛 추억 떠올린 걸까요.
(서늘한 가슴) 애잔한 시름 되새기며
아련한 상념 잠겨 (아득한 감회 젖어)
노인 나직이 노랫말 읊조렸지요.

늙은 아비 혼자 두고
영영 어디 갔느냐……

52

어느덧 갈매기들 날아와

고깃배 맴돌았어요.

(끼룩끼룩. 끼루룩끼루룩)

소년 노래 감응하듯

갈매기도 목 놓아 울음 울었지요.

바다 곳곳 물고기도 덩달아

물 위 솟구쳤지요. 그사이

바다거북 몰려와 고깃배 에워쌌지요.

노인과 소년, 바다와 물고기,

하늘과 갈매기, 목선과 바다거북,

그 모든 생명 하나 되어

태초의 숨결로 어우러졌지요.

53

소녀 울고 있었어요.

소년 따라 노래하다 저도 몰래 주르르

눈물 났지요. 슬픔도 기쁨도 아닌

(꿈인지 현실인지 모를)

알 수 없는 그 정조 그만 울고 말았지요.

어느 샌가 바다제비 날아와

날고 있었어요. 작은 날개 파닥이며

(뱅글뱅글) 구름 주위 맴돌았지요.

54

이윽고 갈매기도 제비도 날아가고
바다는 또 고요에 잠겼어요.
노인과 소년 저만치 나아가
그물질 시작했지요.
구름 잠시 고깃배 위 머물더니
이내 저만큼 멀어졌지요. 소녀 자꾸만
뒤돌아보았어요. 왜일까요.
못내 아쉬워 주르르 눈물 흘렸어요.
순간 노인! 소녀 향해 손 흔들었어요.
곧 하늘 가득 목소리 울려왔지요.
(아가, 아가, 우리 아가!)
(딸아, 딸아, 나의 딸아!)
(꿈이었구나! 꿈이었구나!)
(아비와 딸! 어부와 딸!)
(아가! 아가! 우리 아가!)
(꿈이었구나! 꿈이었구나!)
(아! 아가! 아가! 우리 아가!)
(어여쁜 우리 아가!)
(꿈이었구나! 꿈이었구나!)

(아! 아가와 나! 아비와 딸!)

(아름다운 꿈이었구나!)

(향기로운 꿈이었구나!)

55

구름 그대로 산등성으로 날아갔어요.

다시 소나무 아래 (돌단 위에)

소녀 내려놓았지요.

구름 또 날아올라

나무우듬지 내려앉았어요.

얼마 후. 소녀 홀로 산등성 내려와

마을로 돌아왔지요.

소녀 막 집에 이르렀을 때

해는 뉘엿 기울고

마을 사르르 어스름 잠겨

밤의 품속으로 안겨 들었지요.

바다

진실의 새벽, 비밀의 순간,

나는 아이가 되고 너는 모성이 된다.

보이는 건 하나, 마음과 마음.

보이는 건 하나, 가슴과 가슴......

56

비 그치고 폭풍우 멎었을 때

세상 아직 먹빛이었어요.

주위 온통 암흑의 벽이었지요.

오래전. 아주 먼 옛날.

하늘과 땅이 하나였을 때

태양도 별도 달도 구름도

바람도 바다도 태어나지 않았을 때

그날도 이렇듯 거대한 적막이

원시의 공간 뒤덮었겠지요.

57

빛살 한 점 없는 칠흑의 공간.

그 깊은 어둠속

그 짙은 침묵 속

그 오랜 망각 속

그 텅 빈 기억 속

그 푸른 심연 속

그 까만 적요 속

어쩜 시간도 잠이 들었겠지요.

58

낯선 세계에서

생명의 기척조차 사라진

마법의 공간에서

고독의 숨결마저 스러진

신들의 영역에서

바로 그 신화의 영토에서

바로 그 어둠의 한가운데에서

마침내 바늘 끝 같은 빛살 하나

움트고 있었지요.

59

빛은 점점 자라났어요.

빛은 서서히 번져갔어요.

빛은 시나브로 물들었어요.

빛은 세모 되었다

빛은 네모 되었다

빛은 알 수 없는 (기하학무늬)

신기한 모양 되었다 이윽고

큼지막한 동그라미 되었어요.

60

빛의 동그라미 어둠 속 휘돌다

한순간 높다랗게 솟아올랐어요.

멀리 어둠 끝자락에 닿자

돌연 움직임 멈추었지요.

빛의 동그라미 그렇게

'달'이 되었지요.

61

환한 달빛 어둠 비추었어요.

달빛 머금고

어둠 금세 바다 되었지요.

바다 검푸른 빛으로 신묘하게

물들어 있었지요. 곧 파도 일렁이며

생명의 소리 태어났어요.

바다 그렇게 최초의 '숨' 내쉬었지요.

62

막 태어난 젖먹이처럼

바다 놀란 듯 몸을 떨며

나비질하듯(키질하듯) 너울거렸어요.

금방이라도 첫울음 터져 나올 듯

바다 점점 더 몸부림했지요.

이윽고 우렁찬 울음소리 솟구쳐

온 바다 흔들며

탄생의 공간 휘감았지요.

63

울음소리 멎자

바다 이내 잠잠해졌어요.

(파도 그윽이 잦아들었지요.)

푸른 달빛만이 보드라운 손길로

바다 살결 어루만졌지요.

바다 숨죽인 채 눈망울 반짝였어요.

(초롱초롱) 마치 젖먹이 눈처럼

함초롬히 빛나고 있었지요.

64

얼마 지났어요. (끼룩끼루룩)

문득 어디선가 갈매기 울음 들려왔어요.

곧 갈매기 한 마리 바다로 날아왔어요.

그때 수면 위 고깃배 하나 나타났지요.

노인 뱃머리, 소년 배꼬리 앉아 있었지요.

한 손 부드러이 턱수염 움킨 채

노인 생각에 잠겼고

(꿀떡꿀떡) 가죽 물통 입에 대고

소년 물 삼키고 있었지요.

65

곧 가죽 물통 내려놓고
소년 노 젓기 시작했어요.
(노래 좀 불러보거라......)
노인 불쑥 말했지요.
소년 익숙히 노래했지요.

푸른 하늘 은하수 하얀 쪽배엔
계수나무 한 나무 토끼 한 마리
돛대도 아니 달고......

노 젓는 소리 함께 소년 목소리
달빛 가득 울려 퍼졌지요.

66

배는 점점 어딘가 나아갔어요.

조금 지나자 배는 이제

달을 향해 떠오르기 시작했지요.

소년 계속 노래하며

능숙한 사공처럼 노 저었어요.

(그러는 사이)

배는 달의 곁에 가까워졌지요.

(잘 있거라......)

(또 만나자구나......)

노인 문득 말했지요.

소년 뱃머리 보았을 때

노인 모습 보이지 않고

마지막 그 음성만이 (잔잔한 그 여운만이)

밤하늘 맴돌았지요.

67

얼마나 지났을까.

배는 막 달나라에 닿았어요.

(다음 순간) 배는 절구가 되고

소년 옥토끼로 변했어요.

소년 손에 절굿대로 변한

노 들려 있었지요.

소년 쿵쿵 절구질 시작했어요.

절구 소리 장단 삼아

소년 나직이 노래했지요.

푸른 하늘 은하수

하얀 쪽배엔......

68

어디선가 학 한 마리 날아와
바닥 내려앉았어요.
조금 지나자 바닥에서 스르르
나무 한 그루 자라올랐지요.
학 줄기 끝 앉아
나무 따라 쑥쑥
공중으로 솟아올랐지요.
나무 커다란 소나무 되었다
나무 기다란 계수나무 되었지요.

69

나무 (자랄 대로 자라) 움직임 멈추자

잠시 절구질 쉬던 소년

다시 쿵쿵 절구 찧었어요.

(잠시 후) 학 날개 펴고

먼 곳으로 날아갔어요.

학 오래도록 돌아오지 않았지요.

이제 달나라엔 절구도 옥토끼도

보이지 않았어요. 아무도 살지 않는

달나라엔 아득한 적막만이 남아 있었지요.

그사이 계수나무 팽나무 되었다

소나무 되었다 감나무 되었다

밤나무 되었다 향나무 되었다

감람나무 되었다 보리수나무 되었다

버드나무 되었다 물푸레나무 되었다

느릅나무 되었다 무화과나무 되었다

바오바브나무 되었다 자작나무 되었다

타마린드 나무 되었다 박달나무 되었다

유칼리나무 되었다 마침내 달나라의

느티나무 되었지요. 곧 느티나무 아래

정자 하나 생겨났지요. 그렇게 느티나무

둥구나무 되었지요. 그렇게 시간 흘러

(그렇게 세월 흘러) 비 내리고 눈 내리고

새순 돋고 꽃망울 트고

녹음 지고 바람 불고

단풍 들고 낙엽 날고

또다시 달나라에 가을 찾아왔지요.

70

얼마나 오랜 시간 흘렀는지

아무도 알지 못했어요. 이제 달나라엔

정자도 둥구나무도 보이지 않았지요.

그때였지요. (쿵덕쿵덕!)

난데없이 절구 소리 울리고

다시 달나라에 옥토끼 나타났어요.

순간 저만치 계수나무 솟아났지요.

토끼 쉬지 않고 절구 찧었어요.

쿵쿵 절구질하며 토끼 또

무슨 생각 떠올릴까요.

바다 떠올릴까요.

고기잡이 떠올릴까요.

섬마을 떠올릴까요.

엄마(해녀) 떠올릴까요.

아저씨(어부) 떠올릴까요.

죽은 아비 떠올릴까요.

아니면 처음부터 내내

(단 한 사람) 소녀 떠올릴까요.

바다

시작은 다르지만
흐르고 흘러
끝내 우리는
하나의 눈망울에 담긴다.

가는 길은 다르지만
걷고 또 걸어
끝내 우리는
하나의 품속으로 파고든다.

너와 나는 다르지만
돌고 또 돌아
끝내 우리는
하나의 꿈속으로 흘러든다.

71

바닷가 모래밭

아이 둘 앉아 있어요.

하나는 남자아이

하나는 여자아이이지요.

둘은 모래성 쌓고 있지요.

모래밭 사이사이 조가비 뒹굴었지요.

둘은 소곤소곤 속삭임 나누지요.

여자아이 바라보자

남자아이 발그레 얼굴 붉어지지요.

72

저만치 해녀 하나 다가오네요.

물질하여 채취한 해산물 담긴

망사리 메고서 아이들 쪽으로

걸어오네요. 엄마 부르자

남자아인 발딱 일어나 달려가네요.

놀란 바닷게 한 마리, 소라 껍데기 속

얼른 숨어드네요. 모래집 짓던 모래거저리

허둥지둥 후다닥 달아다네요.

남자아이 엄마 손 잡고 이쪽으로

걸어오네요. 곧 여자아이 남겨두고

둘은 마을로 멀어지네요.

73

남자아인 한두 번

여자아일 뒤돌아보았어요.

여자아인 또 혼자 남았지요.

여자아인 혼자 모래성 쌓다

박수치듯 탈탈 손 털고는

일어나서 몇 발짝 물가 다가갔어요.

여자아인 우두커니 서서 바다를 보았어요.

멀리 수평선 너머

아빠 고기잡이 나갔어요.

아무것도 보이지 않았지만

여자아인 바다 향해 손 흔들었지요.

74

처음엔 한 손만 흔들다

곧 반갑게 두 손 흔들었어요.

그러곤 큰 소리로 외쳤지요.

(아빠야! 아빠야! 여기야!)

(나 여기 있어! 나 여기 있어!)

아이 손바닥 모아

입가에 대곤 또 외쳤지요.

(아빠야! 아빠야! 우리 아빠야!)

(아가 여기 있어! 아가 여기 있어!)

아이 힘없이 두 팔 떨어뜨렸어요.

왠지 또 시무룩해졌지요.

아이 터덜터덜 물가 걸었어요.

(차락차락!) 하얀 파도 밀려오자

아인 냉큼 뒷걸음질했지요.

75

여자아인 걷다가

한 곳에 주저앉았어요.

곧 모래 위 글자를 새겼지요.

"아빠는, 아빠는, 아가가 좋아"

"아가는, 아가는, 아빠가 좋아"

몇 번인가 파도 밀려왔다

밀려가자 어느새 글자들 씻기고

흐릿한 흔적만이 모래 위 남았지요.

(무에 그리 서러웠을까)

(아이 또 울먹울먹 울먹이더니)

(끝내 엉엉 울고 말았지요)

그렇게 파도가 글자들 쓸어갔지요.

(아빠도 아가도)

(아가 좋은 아빠도)

(아빠 좋은 아가도)

76

여자아인 집으로 돌아왔어요.

문 앞 쪼그려 앉아 노래를 불렀지요.

엄마가 섬 그늘에 굴 따러 가면

아기가 혼자 남아 집을......

여자아인 엄마 떠올렸어요.

어느 해. 엄마 물질하러 갔다

주검 되어 돌아왔지요.

물속 바위에서 굴 따는 일 열중하다

한순간 어찔하며 물숨 쉬고 말았지요.

엄마 유일하게 알몸으로 물질하는

마을서 으뜸가는 상군 잠녀였지요.

엄마 일러 인어라며 마을 아낙 입 모았지요.

물질하러 가기 전. 엄마 그날도

같은 노래 흥얼거렸어요.

"이어도 사나~~ 이어도 사나~~"

엄마 그러면서 말했어요.

"아가야, 집 잘 지키렴...

엄마 다녀올게...

엄마 없어도 씩씩해야 한다......"

엄마 갑자기 눈물 글썽였어요.

엄마 무슨 생각 떠올린 걸까요.

엄마 (젖은 눈) 슬프게 말했지요.

"오늘 부쩍 외할아버지 생각이 나는구나."

그래요! 엄마 그 순간 (엄마의 아빠)

외할아버지 떠올리며 그리움 잠긴 거예요.

엄마 죽자 아빠 하룻밤 새

노인으로 변했어요. 마치 학의 깃처럼

머리 수염 온통 흰빛으로 물들었지요.

77

이듬해. 이웃집도 불행이 닥쳤어요.

(바다에서 고깃배 뒤집혀) 용왕님

이웃집 아저씨 데려갔지요.

그날 아침 산등성이 소나무 울었어요.

마을 사람 여럿 울음소리 들었지요.

불길한 마음, 사람들 고기잡일 미루고

그 하루 일손 놓고 몸가짐 삼갔지요.

(검정 갓 쓰고 하얀 선비 옷 입은)

마을 원로 갖은 제물 차려 놓고

멀리멀리 산등성 향해

온 마을 평온무사 기원했지요.

(늙은 아낙 둘 따로 마을 원로 말씀 따라

'용머리바위' 찾아, '산방산(산방굴)' 찾아

아낙 하나 '백마' 신에게,

아낙 하나 '산방덕' 여신에게

눈물 정성 기도했지요......)

곧 소나무에서 학 한 마리 날아왔어요.

마을 원로 고개 들어 학 바라보았어요.

빙글빙글 머리 위 맴돌다 학 이윽고

소나무로 돌아갔지요.

78

(사람들 말렸지만)

이웃집 아저씨 한사코 배 띄워

고기잡이 떠났어요.

(다 미신이야! 미신!)

(소나무 울면 재앙이 온다고?)

(두고 보라고!)

(보란 듯이 살아올 테니까!)

아저씨 호기롭게 소리쳤지요.

그러자 사람들 쑥덕거렸어요.

(새로운 종교 빠져)

(마을 수호신 믿지 않고)

(마음의 뿌리 저버리고)

(괴이한 천신 섬기며)

(갈수록 더 방자해져 간다며)

쯧쯧 한숨짓고 끌끌 혀를 찼지요.

79

더없이 맑고 푸른 여름날이었어요.

(뭉실뭉실) 먼 하늘 끝 솜구름 떠돌았지요.

마침내 마을 원로 말했어요.

(그럼 용신께라도 예를 올리게)

(물가에 작으나마 제상을 차리게)

그러자 이웃집 아저씨 말했어요.

(다 미신입니다, 어르신!)

(용왕도 신령도 수호신도!)

(한낱 우상일 뿐!)

(그저 지어낸 이야기일 뿐!)

(바다에 용왕 따윈 없습니다!)

(이젠 우리도 깨어나야 합니다!)

(미신 따위 현혹되면 안 됩니다!)

(이제 모두 깨어나야 합니다!)

(모두 안개에 갇혀 있는 겁니다!)

(그런 황당무계한 이야기를 믿다니!)

마을 원로 재차 간곡히 말렸지만

이웃집 아저씨 그마저 뿌리치고

혼자 고깃배 몰아 먼 바다로

짙푸른 그 눈망울 속으로 나아갔지요.

아저씨 신의 이름 부르며

맘속으로 기도했어요. 아저씨 믿는

신은 그 어떤 존재보다 영험한

신들 중의 신이었지요. 기도 마치고

아저씨 그물질 시작했지요.

드넓은 바다 위 호젓이 떠 있는

한 조각 나뭇잎, 한 장의 조각배였지요.

한참 지났어요. 그때 별안간 주위 흐려지며

먹구름 밀려왔어요.

80

아저씨 일손 놓고
근심스레 하늘 올려다보았어요.
마음속 모락모락 불안감 피어났지요.
아저씨 다시 신의 이름 뇌며
중얼중얼 혼잣말 기도했어요.
아저씨 맘속으로 그 어부 떠올렸지요.
(작년 이맘때였어요. 아저씨 그날따라
다른 어부들과 떨어져 홀로
그물질하고 있었지요. 그때 갑자기
안개 밀려왔어요. 생전 처음 보는 지독한
해무였지요. 아저씨 꽁꽁 안개에 갇혔어요.
아저씨 아무것도 할 수 없었지요.
바다도 하늘도 사라져 보이는 건 온통
안개뿐이었지요. 얼마나 흐른 걸까.
한순간 씻은 듯 안개 물러갔어요.
순간 뱃머리 낯선 어부 서 있었지요.
남루한 옷 걸친 백발노인이었지요.
이윽고 노인 말했어요.
"그대, 켈파트(Quelpart)의 어부여!"

"나는 영혼을 낚는 어부라오!"

둘은 도란도란 이야기 주고받았어요.

얼마 후 다시 안개 밀려왔어요.

안개 곧 물러갔지요. 안개 따라 사르르

노인도 사라졌지요.) 어찌된 일인지 기도로도

불안감 물러가지 않자 서둘러 그물 걷고

아저씨 마을 향해 다급히 노 저었어요.

81

그때 먹구름 비 뿌리기 시작했어요.

이내 돌풍 일고 폭우 쏟아졌지요.

아저씨 다급한 마음

어쩔 줄 몰라 갈팡질팡했어요.

아저씨 신의 이름 부르다

조상님 부르다 신령님 부르다

용왕님 부르다 이제 되는대로

아무아무 신들 부르다

급기야 마을 수호신 부르며

도와 달라 애원(기도)했어요.

82

아저씨 그예 기도 멈추었어요.
아저씨 정신없이 배 저어
마을 쪽으로 나아갔어요.
아무에게 의지하지 않고
오로지 제 힘으로 살아 돌아가리라
(아저씨) 다짐하고 또 다짐했지요.
얼마나 지났을까. 마침내 멀리
마을 해안 드러났어요.
조금 지나자 사람들 하나 둘
해안가 모여들었지요. 얼핏 그쪽에서
아저씨 향해 외치는 소리 들려왔어요.
아저씨 모질음 쓰며 죽을힘 다해
배 저었지요. 애써 두려움 떨치며!
험한 파도 밀치며! 모진 파고 헤치며!
홀로 운명에 맞서, 홀로 시련에 맞서,
홀로 고난에 맞서, 홀로 죽음과 맞서
앞으로, 앞으로, 전진했지요.

83

이윽고 배는 해안 가까이 다가왔어요.

대략 100미터 떨어진 거리였지요.

아저씨 이미 탈진 지경이었지만

본능적 삶의 의지로, 기계적으로

숫제 무의식으로 배질하고 있었어요.

해안에서 잇달아 아저씨 향해 소리쳤어요.

무질서한 외침 속 아저씨 언뜻

아들 목소리 들었어요.

아저씨 한 번 더 힘 모아

마지막 안간힘 쓰며

운명의 노질 시작했지요.

비는 더 거세게 쏟고 배를 삼킬 듯

파고 더 위태롭게 솟구쳤지요.

뒤집힐 듯 뒤집힐 듯

오르락내리락, 나아갈 듯 말 듯 배는

끊임없이 흔들리며 해안 향해갔지요.

마침내! 해안 거의 다다랐을 때

하늘에서 번쩍 벼락 내리쳤어요.

그 소리 함께 배는 훌떡 뒤집히며

파사삭 바스러져 흩어지고 말았지요.

아들 지척에 두고 아저씨 끝없이, 끝없이

끝도 없이 가라앉았지요.

84

며칠이 지났어요.

그때부터였지요.

남자아인 날마다 아빠 찾아와

떼를 쓰기 시작했어요.

고기잡이 따라가게 해달라며

남자아인 끈질기게 매달렸지요.

아빠 그때마다 고개 저었어요.

(냉담했지요.) 그 아이 아무리 애원해도

그 아이 아무리 고집 부려도

아빠 끝내 허락지 않았어요.

아직 고기잡일 나가기엔

너무 이른 나이였기 때문이었지요.

85

남자아인 매일같이 찾아왔어요.

이젠 남자아이 눈에

여자아인 보이지 않았지요.

(관심 밖 존재였지요.)

아빠 어김없이 고개 저었어요.

이웃집 아주머니 말렸지만

남자아인 막무가내였지요.

남자아인 그 순간 딴사람이 되었어요.

남자아인 뭔가에 사로잡혀 있었어요.

남자아인 뭔가에 홀려 고기잡이 말곤

아무것도 생각지 못했지요.

마음속엔 온통 그 하나뿐이었지요.

86

몇 해 지나갔어요.

남자아인 그렇게 소년 되었지요.

어느 날. 소년 찾아오자 아빠 말했어요.

(그리도 고깃배를 타고 싶으냐?)

소년 고개 끄덕였어요.

이내 눈망울엔 기대감과 간절함

모험의 설렘 휘몰아쳤어요.

아빠 넌지시 소년 바라보았어요.

그러곤 묵묵히 그물 손질했지요.

몇 분이 흘렀어요.

더없이 더딘 잠시간이었지요.

너무도 느린 한순간이었지요.

몹시도 오랜 기다림이었지요.

(이유가 무어냐?)

아빠 또 물었어요. 그러자 소년

또록또록 대답했지요.

(제일 큰 물고기를 잡고 싶어요!)

87

아빠 그날부터 소년 데리고

고기잡이 나갔어요. 배 저만큼

해안서 멀어지자 아빠 말했어요.

(제일 큰 물고기를 잡고 싶다 했느냐?)

소년 조용히 고개 끄덕였지요.

(진짜 이유를 말해 보거라)

(그토록 배를 타려는 이유를)

아빠 말하자 소년 맥없이 고개 숙였어요.

잠시 침묵 흘렀지요.

아빠 잠자코 기다렸지요.

마침내 소년 말했어요.

(바다를 정복할 거예요!)

(제일 큰 물고기를요!)

(반드시 복수해 줄 거예요!)

(반드시 굴복시킬 거예요!)

(아빠 대신 혼내 줄 거예요!)

(아빠 삼킨 바다를요!)

(아빠 데려간 바다를요!)

88

(그렁그렁) 소년 눈가에

눈물 글썽거렸어요.

곧 뚝뚝 눈물 떨어졌지요.

소년 아이 적 기억 떠올렸어요.

(폭우. 아빠 고깃배……)

(해안가. 사람들 외침……)

너무도 생생히 그날 광경 되살아왔지요.

아저씨 가만히 소년 바라보았어요.

소년 훌쩍훌쩍 울며

손등으로 연신 눈물 찍어냈지요.

아저씨 이윽고 소년에게 말했어요.

(바다는 정복의 대상이 아니란다)

(바다는 굴복의 대상이 아니란다)

(바다는 누구에게나 공평하단다)

(바다는 누구에게나 평등하단다)

(네가 바다를 미워해도)

(바다는 널 미워하지 않는단다)

(네가 바다를 원망해도)

(바다는 널 원망하지 않는단다)

(바다는 늘 그 자리에 있을 뿐)

(바다는 늘 그 자리에 머물 뿐)

(바다는 아무것도 요구하지 않는단다)

(바다는 아무것도 강요하지 않는단다)

잠시 멈췄다 아저씨 또 말했지요.

(제일 큰 물고기를 잡고 싶다 했느냐)

(그건 바로 너의 마음속에 있단다)

(그건 바로 나의 마음속에 있단다)

(네 마음속의 거인, 네 마음속의 달!)

(내 마음속의 거인, 내 마음속의 별!)

(애야, 그건 바로 달을 향한 믿음)

(달을 사랑하는 너의 소박한 마음)

(달을 바라보는 너의 천진한 눈빛)

(달을 노래하는 너의 그 선량함이란다)

바다

가고플 때 떠나고

오고플 때 돌아온다.

네가 있기에.

너를 알기에.

너는 말이 없지만

너는 부르지도 붙잡지도 않지만

너는 기다리지도 떠나보내지도 않지만

너는 기억하지도 망각하지도 않지만

너는 미워하지도 그리워하지도 않지만

너는 늘 그 자리에 머문다.

89

달이 뜬 밤이었어요.

쿵덕쿵덕!

달나라에서 옥토끼

절구질하는 소리 들려왔지요.

달나라 떠난 학 한 마리

섬마을 날아와 어둠에 잠긴

바다 위 맴돌았어요.

어느 순간 활공 멈추고

학 다시 날개 저어

벼랑 쪽으로 날아갔지요.

학 갯바위 앉았다 자갈밭 한쪽

불턱 앉았다 곧 날아올라

벼랑 끝에 내려앉았지요.

학 홀로이 벼랑 끝 앉아

달빛 서린 밤바다 바라보았어요.

학 이윽고 나울나울 날갯짓하며

멀리멀리 산등성 향해 날아갔지요.

90

산등성마루 이르자

학 날개 접고

소나무 우듬지 내려앉았어요.

푸른 달빛 아래

홀로 고고히 앉아

학 영묘한 자태로

먼 곳 바라보았지요.

91

한참 지났어요.

그때 우듬지에서 학의 깃 하나

떨어져 내렸지요. 돌단 바닥 닿자

깃은 파르르 떨며 살풋 날아올랐지요.

다시 바닥 닿자 깃은 순간 강보 쌓인

젖먹이 되었어요. (칭얼칭얼)

잠시 보채다 아기 곧 여자아이 되었어요.

(훌쩍훌쩍) 잠시 울먹이다 여자아이 곧

소녀 되었지요. 들릴 듯 말 듯

소녀 입속말로 노랫말 속삭였어요.

92

소녀 속삭임 멈추고

두 팔 벌려 날갯짓했어요.

곧 나무 위로 날아올랐지요.

우듬지 이르자 학 날개 펴고

등에 사뿐 소녀 태웠지요.

학의 등 타고 소녀 멀리

달을 향해 날아올랐어요.

학 저만큼 날아가자

갑자기 소나무 작아지며

(신목도 제단도 마을 신당도)

순식간에 땅 밑으로 가라앉았지요.

곧 그 자리 커다란 분화구 생겨났지요.

분화구 점점 푸른 물 차올랐지요.

그 푸른 연못 속 보름달 떠 있었지요.

'손 뻗으면 닿을 듯 은하수(한라)' 비치었지요.

이윽고 연못가 '하얀 사슴(백록)' 나타났지요.

연못 입 담그고 하얀 사슴 목 축였지요.

곧 하얀 사슴 신선 되어 연못 속 숨었지요.

93

그사이 소녀 달나라에 닿았어요.

저만치 옥토끼 하나

절구질하고 있었지요. 옥토끼 너머

계수나무 한 그루 서 있었어요.

학 옥토끼 지나 계수나무로

날아갔지요. 학 우듬지로 다가가

살며시 내려앉았어요.

소녀 학 등 앉아

잠잠히 옥토끼 내려다보았지요.

94

소녀 무심히 옥토끼 바라보았어요.

조금 지났어요. 문득 고개 들어

옥토끼 계수나무 보았어요. (순간!)

소녀와 옥토끼. 서로 눈 마주쳤지요.

그때였지요. 옥토끼 사르르 모습 변하더니

이윽고 이웃집 소년 되었어요.

소녀 깜짝 놀라 몸서리쳤지요.

소년 우뚝 절구질 멈추었지요.

그득히 감도는 고적 사이 사르륵

갈잎 하나 떨어졌지요.

95

학 푸드덕 날아올랐어요.

곧 소년 쪽으로 날아왔지요.

소년 마침내 소녀와 재회했어요.

둘은 그렇게 달나라의 '넋'이 되고

영원의 숨결로 불멸의 기억으로

전설의 이름으로 '짝'이 되었지요.

학 도로 우듬지로 돌아갔어요.

둘은 손잡고 계수나무로 걸어갔지요.

둘의 몸은 조금씩 자라나기 시작했지요.

96

이윽고 나무 아래 다가섰을 때

어여쁜 색시 하나, 곱단 총각 하나

그 자리에 서 있었지요.

순간 바닥에서 정자 하나 솟아났지요.

둘은 다정히 정자 위 서 있었지요.

둘은 가만가만 난간 다가갔어요.

둘은 기둥 곁 서서 절구 쪽 바라보았지요.

절굿대 비스듬히 절구 속 기대어 있었지요.

곧 나무 아래 오래된 정적 내려앉았어요.

그 소슬한 감은빛 사이

(나붓나붓) 둘의 옷깃 나부끼고

(사르륵사르륵) 갈잎 흩날렸지요.

둘은 지그시 서로의 눈 바라보았어요.

둘은 마주한 채 언약의 입맞춤했지요.

둘은 상서로운 한 쌍의 빛이었지요.

둘은 꿈꾸는 한 쌍의 노래였지요.

둘은 아리따운 한 쌍의 미래였지요.

97

학 다시 날개 펴고

달나라 떠나

섬마을로 날아갔어요.

흔적 없이 사라진 마을 터.

(스산한 그 잔해)

덧없는 그 폐허만이 어둠 밑 쓸쓸히

버려져 있었지요.

학 가만가만 공중 맴돌았어요.

학 이윽고 마을 터 내려앉았지요.

98

푸른 달빛 아래 날개 접은 채

학 홀로 생각에 잠겼어요. (찰싹찰싹)

멀리 물가에서 파도 소리 들려왔어요.

이따금 파도 밀려왔다 밀려가며

(바다의 노래) 속삭였지요.

(소라의 옛말) 노래했지요.

섬의 역사를.

섬사람의 설화를.

섬마을의 신화를.

달과 상상의 섬, 안개의 우화를.

어부와 소년, 해녀와 소녀,

학과 나무, 별과 거인,

연못과 분화구, 사슴과 은하수,

모래와 고깃배, 벼랑과 갯바위,

하늘과 바닷새, 오랜 비밀의 섬,

잠든 신들의 고향, 먼먼 치유의 낙원,

긴긴 그리움의 나라, '탐라'의 이야기를.

99

물가 모래밭 파도 젖고

모래알 추운 듯 몸을 떨었어요.

바다는 달빛 아래 꽃잠이 들고

멀리서 바닷새 울음 들려왔지요.

그때 모래 위 글자들 나타났지요.

(달의 눈빛 머금고......)

글자들 마법의 기호로 태어났지요.

(달의 숨결 머금고......)

글자들 요정의 언어로 반짝였지요.

"아빠는, 아빠는, 아가가 좋아"

"아가는, 아가는, 아빠가 좋아"

100

얼마 흐르자 학 날개 펴고
물가로 날아왔어요. 학 살포시
글자 위 내려앉았지요. 학 날개 접고
고요히 서 있었지요. (빛의 글자 속) 한 송이
연꽃으로 피어 하얗게 홀로 사색에 잠겼지요.
한참이 지났어요. 이윽고 학도 글자도
(깃털처럼 부서져) 공중으로 날아올랐지요.

101

모두 티끌처럼 풀풀 흩날렸지요.

모두 잿가루처럼 훌훌 흩어졌지요.

순간 그 자리 한 사람 나타났어요.

누구일까요. 아빠였지요. 늙은 어부였지요.

노인 동그마니 서서 밤바다 응시했지요.

노인 손에 파이프 하나 들려 있었지요.

노인 고개 들어 달 바라보았어요.

달 둥근 미소로 노인 내려다보았지요.

이따금 파도 밀려와 노인 발밑

간질였어요. 노인 왼손 펴고

파이프 대통에서 담뱃재 털었어요.

이어 물부리 입에 물고

마치 맷돌 갈듯 두 손바닥으로

담뱃재 비볐지요.

곧 담뱃재 오른손에 쥐고 왼손엔

파이프 대통 쥐었지요. 노인 다시 밤하늘

바라보았어요. 노인 막 하늘 향해 담뱃재

흩뿌렸지요. 담뱃재 사방으로 흩어졌지요.

(이윽고) 밤하늘 총총 '별'이 되었지요.

그렇게 점점이 박혀 (그렇게 뭇별 되어)

별하늘 반작반작 빛나고 있었지요.

102

조금 지났어요. 노인 오른손으로

파이프 물부리 쥐었어요. 곧 노질하듯

손에 쥔 파이프 휘휘 젓더니

그대로 달을 향해 휘익 날려 보냈어요.

파이프 달에 닿자

둥근달 곧 조각달로 변했어요.

조각달 곧 쪽배로 변했지요.

파이프 쪽배 위 날아가 배 젓는

노가 되었지요. (다음 순간)

한 쌍의 연인 나타났어요.

둘은 손잡고 쪽배 위 서 있었지요.

103

그때 어디선가 노래 들려왔어요.
(맑고 투명한 울림) 소녀의 노래였지요.

푸른 하늘 은하수......

곧 색시 뱃머리 가 앉았어요.
순간 총각 배꼬리 서서 곤돌라(나룻배) 젓는
곤돌리에(뱃사공)처럼 노 젓기 시작했지요.
별빛 은하 가르며, 달빛 운하 저으며
꿈의 바다 떠가듯 배는 둥실둥실 두둥실
먼 곳 향해 나아갔지요. 잠시 그쳤다
다시금 노랫소리 들려왔어요.

넓고 넓은 바닷가에......

배 느릿느릿 하늘가 떠나갔어요.
노인 덩그러니 서서 노랫말 따라했어요.

내 사랑아 내 사랑아

나의 사랑 클레멘타인

늙은 아비 혼자 두고......

영영 어디 갔느냐......

배 어느덧 하늘 저 멀리 사라져 갔지요.

그 먼먼 어딘가에서 이따금 아스라이

노랫소리 울려왔지요. 이윽고 노랫소리 멎자!

한 줄기 학 울음 솟구쳐! 온 바다 휘돌았지요.

안개

바다는 안개에 갇혔네.

겹겹이 부푼, 켜켜이 쌓인 바다 안개

모두를 가두었네. 하늘도 땅도 섬도 모래도

마을도 사람도 소녀도 갈매기도

아가도 바다제비도 안개 뒤 숨었네. (오!)

형체 있는 모든 것. 안개에 가리어졌네.

그렇게 억만 년 흐르고 안개 물러갔네.

안개 사라지자 다시금 모래밭 나타났네.

남자아이 여자아이. 서로 바짝 마주앉아

물가에서 놀고 있었네.

군데군데 조가비 박혀 있었네.

둘은 소곤소곤 모래성 쌓고 있었네.

얼마 후. 아이들 사라지고 텅 빈 모래밭엔

모래성만 남아 있었네.

(이윽고) 흰 파도 밀려와 모래성 덮쳤네.

그렇게 파도에 섭슬려 모래성 무너졌네.

멀리서 갈매기 울음 들려왔네.

마침내 안개 밀려와 모든 것 가두었네. 오!

보이는 건 하나. 그 거대한 '안개'뿐이었네.

안개, 거인 그리고 103편의 시

우리의 마음속에 '안개'가 가득할 때

사람의 본성은 그 안에 갇힌다.

사람의 본성은 다름 아닌

달과 별을 사랑하는 어린아이의 천진함이다.

그 천진함은 또한 너와 나의 마음속에 잠자는

원시의 꿈, 바로 우리 안에 감춰진 '거인'을 향한

애처로운 그리움인 것이다.

그 거인은 바로 너와 나의 마음속에 깃든

영혼의 노래, 그 오랜 순수를 향한

안타까운 기다림인 것이다.

오늘도 안개에 갇힌 거인은 '노래'를 부른다.

너와 나의 가슴속에서.

그 깊은 시련의 밑바닥에서.

홀로 외로이 노래(aria)를 부른다.

눈물의 시어를. 바다의 서정을.

(그 슬픈) 파도의 이야기를.

단어 모음

(1편)

애기구덕: 아기바구니

망사리: 채취한 해산물을 담는 그물주머니

(14편)

테왁(허리박): 해녀들이 물질할 때 타는 물건

허리박: 테왁의 옛말

쉐눈: 큰 물안경. 알이 한 개(단안경)

족쉐눈: 작은 물안경. 알이 두 개(쌍안경)

빗창: 굴이나 전복 따는 도구

호맹이(까꾸리): 소라, 문어, 성게 등을 잡는 도구

종개호미: 미역, 톳, 모자반 따위를 채취하는 도구

물적삼: 물옷(윗옷)

물소중이: 물옷(아래옷)

물수건: 머릿수건

(24편)

비바리: 바다에서 해산물을 채취하는 처녀

잠녜: 잠예. 잠녀(潛女). 잠수(潛嫂). 해녀

바당: 바다

(26편)

바당일: 바닷일

(27편)

업저지: 업게. 아기 돌보는 여자아이

(39편)

당산나무(당나무): 마을의 수호신으로 섬기는 나무

신수(신목): 신령이 깃들었다고 전해오는 나무

돌단: 돌을 쌓아 만든 제단

신당: 신령을 모신 집

본향당(本鄕堂): 마을의 신을 모신 신당

이령수하다: 신에게 말로 고하다.

비손하다: 두 손을 비비면서 신에게 소원을 빌다.

(40편)

이어도(離於島): 해녀와 어부들이 죽어서 간다고 믿는 상상의 섬. 전설의 이상향. 영혼의 안식처. 실제의 이어도는 제주 마라도 서남쪽에 있는 수중 암초로 '파랑도'로도 불린다.

삼신인(三神人): 고을나. 부을나. 양을나. 탐라의 개조(開祖). '고(高), 부(夫), 양(良)'씨의 시조. 관련 사적지, 삼성혈(三姓穴)

삼신녀(三神女): 벽랑국의 세 공주. 삼신인과 혼인.

관련 사적지, 혼인지(婚姻池)

(45편)

불턱: 불을 피워 몸을 말리는 곳(해녀들의 탈의, 휴식, 담소의
공간)

숨비소리: 해녀가 물 위로 나와 내쉬는 가쁜 숨소리

삽상하다: 바람이 시원하게 불어 마음이 상쾌하다.

(46편)

물비늘: 잔잔한 물결이 햇살에 비치는 모양

(62편)

나비질(키질): 곡식 검부러기나 먼지 따위를 날리려고
키를 부쳐 바람을 일으키는 일

(69편)

둥구나무: 크고 오래된 정자나무

(72편)

모래거저리: 바닷가 모래밭에 사는 곤충

(76편)

물숨: 물속에서 내쉬는 숨. 죽음의 숨

상(上)군: 가장 깊이 잠수하는 해녀

잠수 깊이에 따라 '상군, 중군, 하군'으로 나뉜다.

(77편)

용머리바위(龍頭岩): 용이 되어 승천하기를 소원하던 백마 한

마리와 그 백마를 잡은 장수의 이야기를 비롯해 여러 전설이

전해온다.

산방산(山房山): 산 중턱에 산방굴(山房窟)이 있다. 불상이 있

어 산방굴사(山房窟寺)라 불린다. 고려 승려 혜일(慧日)이 산

방법승(山房法僧)이라 칭하고 예서 수도하다 입적했다고 한

다. 또한 이곳에는 산방덕(山房德)과 고승(高升)의 애틋한 사
랑이야기가 전해온다.

(80편)
켈파트(Quelpart): 제주도의 서양식 이름

(92편)
한라산(漢拏山): 손을 뻗으면 은하수에 닿을 듯 높은 산
백록담(白鹿潭): 하얀 사슴이 노니는 연못

 (98편)
탐라(耽羅): 제주도의 옛 이름

(99편)
꽃잠: 깊이 든 잠

(103편)

곤돌라: 이탈리아 베네치아의 작은 배

곤돌리에(르): 곤돌라 뱃사공

수록 작품 소개

1. 반달(동요)

- 윤극영(尹克榮) 선생이 작사, 작곡했다.

- 선생은 1903년 태어나 1988년 작고했다.

2. 섬 집 아기(동요)

- 한인현(韓寅鉉) 선생의 동시이다.

- 선생은 1921년 태어나 1969년 작고했다.

- 이흥렬(李興烈) 선생이 곡을 붙였다.

- 선생은 1909년 태어나 1980년 작고했다.

3. 엄마야 누나야(동요)

- 김소월(金素月) 시인의 시이다.

- 시인은 1902년 태어나 1934년 작고했다.

- 김광수(金光洙) 선생이 곡을 붙였다.

- 선생은 1921년 태어나 1993년 작고했다.

4. 클레멘타인(미국 민요)

- 박태원(朴泰元) 선생이 번안했다.

- 원곡의 '광부의 딸'을 '어부의 딸'로 고쳤다.

- 선생은 1897년 태어나 1921년 작고했다.

- 원제는 'Oh My Darling, Clementine'

그림: 클로드 모네
(Claude Monet. 1840~1926)

표지
앞장: 에트르타의 구멍 뚫린 절벽
뒷장: 에트르타의 거대한 바다

내지
1: 에트르타, 만포르트, 물 그림자
2: 인상, 해돋이
3: 에트르타의 요동치는 바다

우주나무와 자손들

2017년 5월 29일 초판 1쇄 인쇄
2017년 5월 29일 초판 1쇄 발행

글 : 이천도
펴낸이 : 이미례
펴낸곳 : 미래성
주소 : 서울시 동작구 상도로 62
전화 : 02-3280-2096
모바일 : 010-8927-8783
팩스 : 02-3280-2096
메일 : miraesung7@hanmail.net
ISBN : 979-11-958899-2-1

이 도서의 국립중앙도서관 출판예정도서목록(CIP)은 서지정보유통지원시스템 홈페이
지(http://seoji.nl.go.kr)와 국가자료공동목록시스템(http://www.nl.go.kr/kolis-
net)에서 이용하실 수 있습니다. (CIP제어번호 : CIP2017012212)